U0023997

Gaze into the heart

凝睇

朵思詩集

自序

凝睇，其實亦是一種凝視，是視覺意象，分別祇在於時間的長短而已。凝視過去存在或消逝的事件、創傷，凝視自己的內心，有時甚至是潛在的、假設性的物事。

蘿普（Rebecca Rupp）在《記憶的秘密》（commited to memory）一書告訴我們：記憶供給我們每天最基本的精神食糧；滋潤我們的靈魂。我們在海馬迴轉區內，作半刻的凝視或凝睇，與之遼闊的宇宙觀相比較，雖顯得微不足道，卻足以產生心靈深邃的震顫，創作者自可從其中選擇他所需要的某些迷人、生動、趣味性的組合，而謀句成篇。

關於自己選擇的自動書寫，或許被認為跟招魂術相關。雖然桑塔格（Susan Sontag）對藝術經驗的詮釋，認為最古早的經驗中，藝術必定是充滿咒語與魔力。但我卻自認與精神醫學較貼近，距離理性思考範疇帶着迷幻思維遊走神馳境界，即使玄祕詭奇，亦自有耽溺某種流露的承擔。

「空」，亦是數十年來所追求的境界：文字不要鋪滿紙張，不要寫滿要說的畫面。盧克萊修（Lucretius）這位詩人告訴我們，「空」與實體一樣具體。因之，凝睇之外的空，一透沁出弦外之音的魔力，留給沒有寫出來的詩語言，是充滿旋轉出各自的密碼和解釋的魔幻玄機。

《凝睇》一書，其中有一首題為〈凝睇〉的詩，詩未必好，卻喜歡這兩個字，書中內分六輯，包含九年來努力創作的總成績，所謂分類，其實也祇是心血來潮的分類法，大約從卷一的近代，追溯至卷六的九年前，去蕪存菁，削去很多年產量不到二十首的成果，祇留存了二分之一弱，其中，部份旅遊詩並不甚滿意，卻因深怕自己記憶喪失而硬擠入其中。

感謝兩年多來黃姣潔小姐的催稿，否則這本詩集大概很難面世。

目次

卷一　艾菲索斯港，岸上的腳印

卷二　愛琴娜島的風帆

卷四　線條交織

卷五　冰河記憶

卷六　感性衝擊

塞維亞路上的城市論述

卷一

塞維亞路上的城市論述

斜坡式蜿蜒向上的馬路
鋪上日夜觀照的清風
黃金塔凸出的回教建築
站在廣場路旁
不停和周邊綠樹、車輛、馬路
對望

時間穿越而過
其實沒說什麼
卻又似乎交代其不可抹煞的存在或歷史

鐵力士山上的觀想

靜靜的時間裡流動著靜靜的聲音
無明中，我找不到雨聲
只知道超越海拔超越現實
是鐵力士山的訊息

陽光下，白色芒光迴視著沉重的自己
從隱伏白雪奔騰下的阿爾卑斯山
觀想：雪如何馴服圖騰的這座山廝守激寒
另闢另類安靜風景

三百六十度迴轉纜車迴轉復迴轉
失衡的平衡神經
和孤寂天色一樣凍僵肌膚
在越來越稀薄的空氣中發出吶喊
時間，迅速在心肺呼吸間隙塌癱

是羚羊的足跡掠過暈眩指數
召喚過重的記憶
死亡的感覺和感官反應才即刻分離
斯時，急凍空氣中有清涼的聲音迴繞白茫茫的光
我觀想：自己變成一座山、一座海
遊於意識之上……

註：鐵力士山（Mt. Titlis）是瑞士中部最大山，去時零下十二度，陽光下有小雨。

二〇一〇一月十六日〈聯合副刊〉

暈眩的城市

搖幌的記憶。搖幌的城市
暈眩中，萃取出現的精緻畫面
是存放記憶中一段段曾經停格五線譜上
暈眩的街道。暈眩的愛戀。暈眩的欲望
暈眩的病體

太陽辣直潑在眼臉和毛髮
欲望無限供給青春
可以抵達與不可抵達的飄搖的想像：
乾旱沙漠駱駝的單峰或雙峰

帆船航行海上……
霧，濛濛罩住遠山、海洋
潮汐正在漲潮
濯洗著海鮮的腥羶……

侵入想像夢境
許多看得見或看不見的城市
都漂流在離開市鎮以後與天地呼應的
另一個災難系統
或快樂現場

《創世紀》二〇一三年春季號（一七四期）

帆船酒店十四行

流蘇，張懸炫麗奇特風情的水流
浮動若隱若現謎題
從高樓沿階一階階傾瀉而下的迴音
在滿牆鑲嵌游魚展演現代都市幻影的大廳
游走

我身歷從想像到現實的波動
急速鼓動的心跳詮釋高漲情緒
梵谷燦爛的向日葵似乎在這裡消失
保持數十秒沉默的是間歇泉

游動牆上水族箱內的是游魚的詩句
等待為抵達心情解憂的是咖啡廳的座椅

我似乎已經遠離
其實，我正置身
另一特定時空

二〇一三年七月八日中國時報《人間》副刊

迴旋

目光
追隨巨木昂揚的身姿
越爬越高

山色，神秘，宛如在遠方歡呼
靜靜穿梭季節的歲月

沒有光點重力　墜落的聲音
沒有良知叛變的腥羶氣氛

頹廢的語境，被芬多精
淘洗得乾爽、潔淨

光影滑過夢境
紅酒以順暢的節拍通過血管
一股沁香來自年輪釋放的能量
這是森林陶醉於自我的氣味
人陶醉於森林的氣味

《吹鼓吹詩論壇》十六號

沙漠列車——伊朗行，從雅茲德到德黑蘭

「蒼白而沉默的慢動作
冒著煙

刷刷劇情
跟隨車廂向前移動」

窗外，密集掃描眼睛的
是乾燥地表，一小撮枯熱岩崖
一些瘦弱植物
和可驅動探險本能的大片沙漠

車廂內
她們遲疑著吞吐該有的表情
將髮絲藻類般蹇塞在包頭巾裡
拒絕——或不敢凝視男性

比內分泌洶湧的
是巴扎波斯市場大市集的記憶
它們的噪音佈滿靜謐清真寺
滿街堆疊成山舞成街景的薄大餅
忽然停在整列火車要向阿拉膜拜的時間點……

我聽到荒瘠的沙漠
走過空空的魂魄

冰崩的節奏

雪山向冬季告別，以滑落的方式
阿拉斯加最煽情的抒發
是以冰崩的節奏豪邁進行

雪，似乎祇站在山頭猶豫一下
便降服於內灣水域的召喚
用沾滿泥沙的呼叫俯衝而下
四散為浮雕的圖騰，成為
水上的雲，天空漂流的雪
它們慢慢擴散再擴散，變成

雪、水渾然一體的波浪水紋
追著額頭上的風跑……
那感覺，有如陶瓷擦拭時間而
自然崩裂

二〇〇七年九月七日〈聯合副刊〉

凝視空間——觀賞《凝視瑪莉娜》有感

凝視你，很近很近
其實已深到靈魂暗藏的最底層

交流的眼神
隔著一張桌子或抽掉桌子

滾燙的內心
不由自主掏盡曾經埋藏肺腑
洶湧的前塵或破滅往事

化約為豐饒淚水
漫流過淨化肉身

很近很近，或者
很遠很遠

她為行動藝術而活
深層的感動：
終於，你為你自己存在

註：紐約當代藝術館舉辦與藝術教母對望，眾人徹夜外宿等待，祇為審視自己的內心。

《創世紀詩刊》一七六期

釋然

夢境：一雙鞋等在山路上
等待一雙腳
記憶倉庫儲存晶瑩剔透的風景
由一組飛舞飄旋的文字拼貼構成
陌生的世界，宇宙的千古時空
昨日疲憊的黃昏
懨懨走過昨日疲憊的街道
海上，一波波海浪在等待一艘船
激暴的音符在洶湧的節拍中
撞擊，翻浪

我釋然
明白明日晨起的小徑
霧散去，夢離開，情境荒蕪

二〇一二年一月二日〈聯合副刊〉

流動地址

她住在A市B路H棟
搬到C市D路E棟
夜晚／無預期的開窗
瀏覽探看空白畫布上
鑲緣這座城市流蘇似的燈火
巧遇充滿魔幻情調和天空磨蹭
的眼神

她在千千萬萬個憂鬱的想像中和他相遇
他們在不斷更換的地址中互相聯絡

然後在不斷變遷的際遇中
被時光沖散
「喂，我是我嗎？
　你還是你嗎？」
像狂歡會的標語
在知性和感性糾纏不清流動的城市
有細細的聲音
流經她虛擬的生動記憶的流動的地址

二〇一三年一月十日〈聯合副刊〉

凝睇

風景在秒速中退出視線
流沙似的陽光針對目光敘說懸疑的故事
弔詭的情節混雜鼓譟的旋律
密集挑戰屬於液態的無形無狀、
屬於固態的筆直或歪曲線條

我直覺想像
關於短期記憶關於病態的分裂自我
關於意識與無意識
關於社會與土地的認知……

似乎，我看到
陽光碎裂流淌在街上
目光高高在上，鎮定鎖在眼眶

二〇一二年四月二十日〈自由副刊〉

發現——阿里山素描

巨木、針葉林靜靜守住海拔的高度

地勢陡峭
一條鐵路兀自溫暖著自己
鋪展出整段探索山景的旅程

雲海
棉絮般的白
介於日出與晚霞之間
數說著瞬息轉換的不同表情

是青楓還是紅榨槭
刻劃了歷史的傳奇？

其實是神木遺跡
連同拱橋、奇岩、流瀑
見證了
穿梭過歲月所知道的同樣時空

《阿里山詩選》

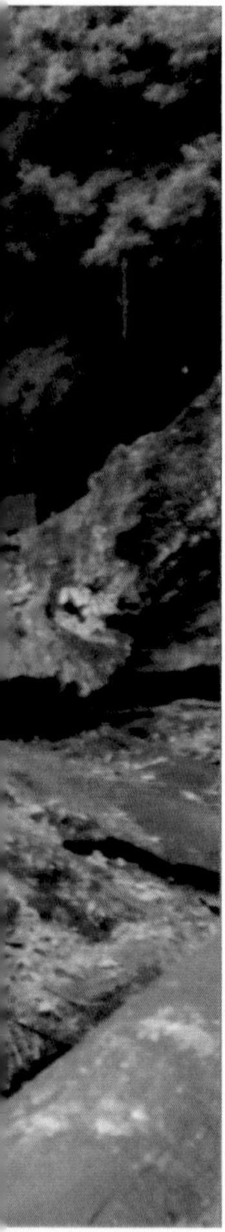

不存在的城市

圖案虛構
從灰暗的心情漂流到筆尖
場景中：有生鏽的鐵鍊、纜繩
有錨、有防波堤、有岬角

記憶中，不曾真正存在
消失在夢裡的城市
飛越過重重旅行的探訪之後
在抵達機場、抵達某處市鎮
某處的短暫停留

都躍現在似曾相識稔熟的夢境
或想像的地圖

空洞的城市
遍佈在曾經存過的記憶角落
腳步抵達的每一個城市都驚異呈現
心靈構築的隱形線條和表情

不存在的城市
其實即存在於：
腳踏的每一座城市

《創世紀詩刊》一七四期

紅豆情懷

未著半絲性愛的色彩

隱然帶有漂移情愫的情節
是寓豐富想像力於其中的相思豆
從莢果乾裂而出
移居到撿拾者默默含蓄的靜好心情

遙想春天開花到秋日結果的過程
捧著、注視

即使愛不釋手
也祇能讓他的影子瀰漫在白日或夢境

幻想的極致：
可以與他攜手走過兩排相思豆樹
夜裡荒涼
揣它、撫它
也一樣擁有愛和幸福

二〇一二台灣工藝節新詩作品集《紅豆愛染》

青年公園的午后

1

太多蒼綠以及彎曲橋面下有點淤塞的河溝
竟似從前的從前的童年
又似只是從前的郊野
那裡有彎彎垂柳
有鷺鷥停在田野的心扉
有圍棋下在排排前來吸取芬多精的輪椅
滑鼠按下的一個地標
是時間的一個逗點
只不過時間忽然散步到有馬場、靶場的那些年

2

水果攤站在公園門外觀望街景
芭蕉橫陳在水果攤上等待充滿印度記憶的人來認領
水蜜桃是復興鄉到拉拉山的段落
火龍果和榴槤銘刻馬來西亞和泰國的身世
木瓜有二戰美軍從機上掉落某處果園的嫌疑
楊桃則是記載了澳洲坎培拉和十字星相關的敘事
梨是梨山的……
果販手上戴的日月潭邵族的手鍊
她的聲音卻流浪著阿里山鄒族山的倨傲
、水的溫柔

二〇一〇年十月十一日〈自由副刊〉

驟雨

是時間的變奏

急急沸騰的潮水
類似非洲鼓熱情激盪的情緒
正在召喚一串串繽紛複雜超感覺
的色系想像

進入耳膜
和心靈一起亢奮私語
它的節奏是蹄音和星光混雜出現的魔音

驟雨：憤怒的檔案
密集抒發壓力漩渦思維內外積聚
而尚未旋動的喜怒、喟嘆

二〇一二年八月十六日《人間福報副刊》

那剎那

鏡子裡
走出來一枚懸貼在記憶角落的月亮
糾結著極端苦悶的線條
他提防自己不小心被自己狙殺
一張臉，爬升到高氣壓的溫度
盡是畫滿顛覆邏輯思考的紋路
也許，那剎那
他想哼一曲釋放自己情緒的吟唱

有春雨在簷下滴落
擦撞他的幻覺
他及時捻熄
想做一次重力加速度的飛翔

覺醒，或許他想反轉自己
或許他想靜觀——
在黝暗中
夜怎樣在夜色中將自己慢慢旋轉

二〇一一年七月二十七日〈人間福報副刊〉

卷二

艾菲索斯港，岸上的腳印

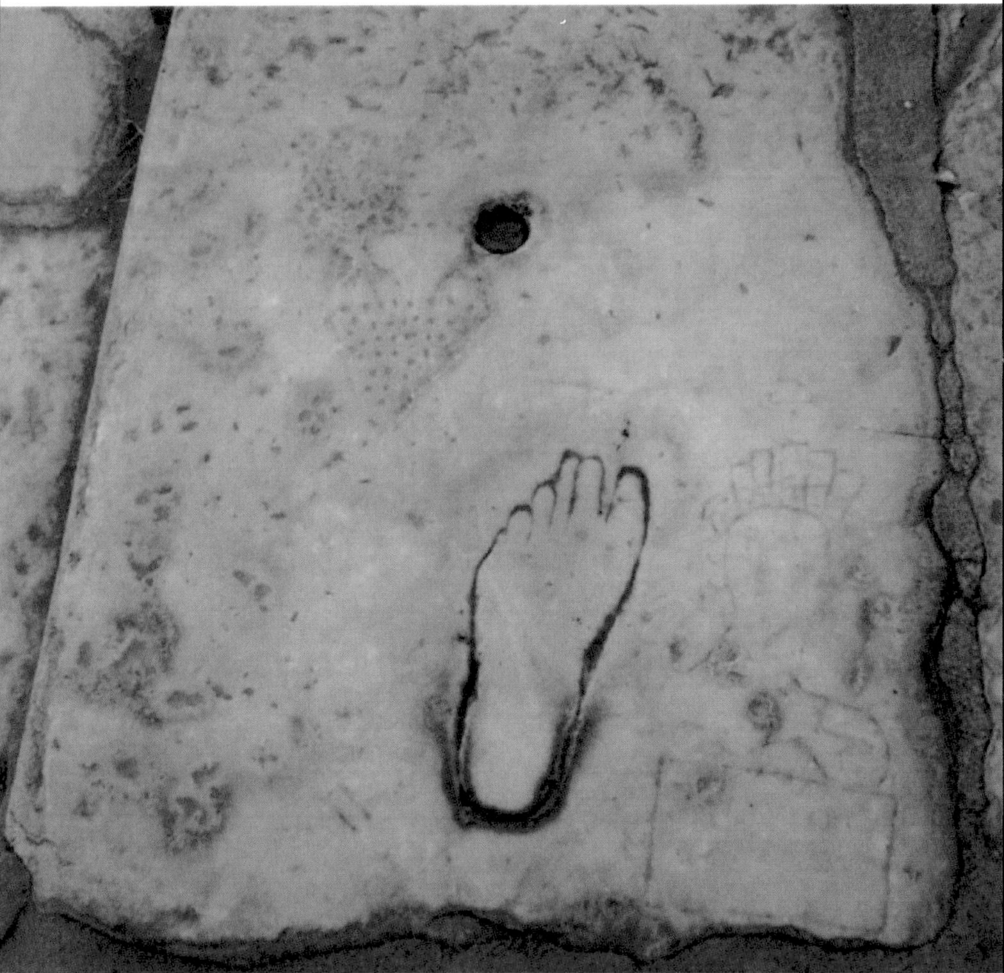

艾菲索斯港，岸上的腳印

那是左腳，更左邊模糊的箭頭
指向古城的妓女巷
第一個活生生的廣告
是這樣產生在這希臘時期規模大過龐貝城的
土耳其港

僅僅曾依傍愛情海的這個港口
當年水手上岸，即先被引誘著走向
長期離開土地最嚮往的地方

這裡，坡度不大的大理石街道
美杜莎石雕欲語含蓄的表情
以及荒廢的圖書館、市場
大羅馬浴池、露天劇場
日日夜夜照鑑著
擁有世界十大古蹟之美的見證

二〇〇九年五月十七日〈中華副刊〉

沙漏

我在上面流淚
你在空空的下面等我
我數著時間慢慢放棄自己
你在平靜中堆積茁壯
我丟掉的一分一秒
你默默珍惜撿起
虛懸的我　睜看長大的妳

另一次輪迴

我仰望充實的你
你把智慧一粒粒澆灌同一時空的我
我承受澆灌的淚滴
匯聚成一堆美麗的沙堡
沙堡中其實也涵蓋你的蹤跡

二〇〇四年十二月十二日〈聯合副刊〉

廣場

鴿子飛下來散成地上撕碎的紙張，東一張西一張
不停向無色的空間流竄

總是有燈盞一柱柱列在時光中站成一棵棵樹，
對生的枝枒，向時間伸出右手或者左手，風像時間的腳步，杳然走過平整的地面走過心情空曠的棧道，停止在調好珍藏記憶的手錶上。它們在時間的看板上，瞬間變成無垠沙灘，變成炫目地標

二〇〇六年五月二十五日〈台灣日報〉副刊

家鄉．異鄉三首

一、家鄉．異鄉

電梯向上攀升
透明纖維玻璃外的樓層
次第下降
中庭擠滿咖啡香味
西雅圖過客
抿住短鬚下的唇
思索：這裡是
家鄉還是他鄉？

二、他鄉

夜在窗外的霓虹燈裡遊走
四十五樓對峙著一座古色古香的建築
就近蠟燭的眼睛
在鏡片外搜尋海外報紙的廣告
布告欄上，他找到
顫慄過自己的他鄉

三、惦記

暴風圈籠罩整座島嶼
他的心在滑鼠下顫動
他的心在峽灣的景色中失眠
：在一座瀑布中解脫

二〇〇六年三月二十四日〈中央副刊〉

風雨夾殺

風雨夾殺

一隻貓吊死在記憶枝枒
他將自己遺留在海潮洶湧漂流的漁網
沙灘上，一輪明月和酒瓶斜躺
那是躁者狂烈的欲望

他涉嫌在一片波浪寫下一則故事
他讓自己駐守在記憶現場
有靈魂住在溫暖的家

神佛依偎在牆壁高高在上
輪椅和茶杯和桌子相互對話

從情節裡抽身而出
沿著風雨狂肆的節奏尋找
其實，他知道仙人掌合理的在沙漠和電視機上
輕聲呼吸
是風雨的囈語穿透過記憶沙灘……

二〇一一年九月二十七日〈聯合副刊〉

夜間風景

我是拼圖板上一塊出走的圖片
在這城市一隅哆嗦著。變成
一片落葉
在豐碩流動的霓虹光照裡
被世俗的風聲推擠著
不斷和夜間的風景磨蹭

我是張虛擬的床
有虛擬的頭顱，壓著
我即將窒息的呼吸

所有四竄的燈光
都在讀著時間的唇語
整座城市動盪著剎那的快樂
和不快樂
我在那裡尋找早晨
清脆乾淨的鳥聲……

二〇〇六年四月十一日〈自由副刊〉

黃燈

膠著的腳步停擺在猶疑著前進與退縮之間
讓我好好擬想前面即將鋪展開來的燦爛景緻
或與寂滅同值的鬱悶畸型

我將牽引無名的意識
面對尚未定數的諸多揣測
研商內心思維如何沿緣彎彎河道取彎截直
涉渡滾滾塵埃……

我將輕取黃色系列驕貴的成份
塗抹傾向秋天枯槁的心情
讓原野的色澤感染一下貴族氣息

是該鎮定抓住積極邁向跨越世紀的時辰
讓耳朵安靜下來傾聽黃燈走向綠燈
輕巧的腳步

《台灣詩學吹鼓吹六號》二〇〇八年三月

綠燈

我將走過去了
以思考時間囤積腦海的字句欲突圍的方式
配合視界升起的安全符碼
憑借等待時豢養累積的精力
像墮入陷阱的動物般衝進十字路口
向街的另一頭標的不加思索的摺疊起自己的小心
翼翼

我開始流動的腳步
是所有液態流動的腳步中極為渺小的一撮

跟隨所有疾速展開的自由意志
劃破靜止——輕鬆愉快跨越無形建構的封鎖線
黑夜轉身。白晝著陸

我握住意志的方向盤
像欃生大地的晨曦般走向街的另一頭
——走向你……

二〇〇七年七月二十五日〈自由副刊〉

紅燈

你站在那裡在街的另一頭在冥想世界的另一次單元
以眼睛掃描街景的喧鬧以思維觀測號誌的心情走向

蒸發的既定結局
依靠在車輛引擎的顫動和心跳的頻率
默數失蹤的速度
如何在地球物理學下在神祇護佑中虔誠啟動

彷彿岩漿從心瓣脈沖刷下山坡下馬路那頭站立的你
迴旋式推衍了許多可能與不可能
等待——未必冗長得足以活絡成一齣時間謀殺案

我是冰山前面冷成的一點異質的雪
在綠燈亮起以前私下決定
該如何以切中主題的抒情方式橫過馬路走向你
——或者永遠忘記

二〇〇七年三月二十六日〈自由副刊〉

給我的白髮

凝結智慧凝結時間凝結了閱歷
你看見　我的腳步走過許多密密麻麻的心事
我濃黑的髮鬃　被一段感情綑綁一輩子
你見證　我的血液來自業已沒有愛情的父母

書寫了生命歷練的白
露鹵的白
無心的白
鹽山的白
雪景的白

冰河的白
將我的頭顱貼在晴空下面的白
是最適合晚年寂寞的視覺風景

在沙丘上尋找一種可能
——觀賞《沙之女》有感

這裡的羊是駱駝
靜靜的畫面在鏡頭下說話
沙丘的痛覺先被腳步踩醒
雪白的沙丘才安撫滾動滑落的身軀

藍天停靠在沙丘的上方
鴉群噪叫通過天空的弧線
枯木、棕桐葉茅屋
美學上浪潮之外的另一種存在

島，在沙丘上是眼眶所及的標的
逃亡的身體在雨和雷鳴之後
閃爍起迷離的希望
她一逕拒絕把自己埋在那裡

兩里路程。拾獲的望遠鏡
日光在她舉起的手勢裡隱遁又再現
巴西空軍的一次情愛
沙丘上科學家搭起的戶戶燈光
他們拍攝金牛座
要證明太空是彎曲的嗎？
只是移動的沙地埋掉了她年老的母親

希望死了？沒有
在沙地中出生的女兒慢慢長大

而浪蕩的女兒該離開沙地是她唯一的願望
終於回到文明的女兒回來告訴她
乘坐火箭飛船登陸月球的太空人說：
月亮上面找到的盡是　沙

註：《沙之丘》（The House of sand）原著是Luiz Carlos barreto所寫，導演為Andrucha Waddington，描述一九一〇年巴西馬臘尼昂洲發生的一名女子奧莉為躲債而和丈夫瓦斯科進入沙丘，夫死後如何單獨在沙丘上掙扎求生的故事。

二〇〇七年十月二十九日〈自由副刊〉

讀心術

我集中心力，在凝靜中
從阻絕我進入他飄忽眼神的詭異中　　穿越
他安置在思緒中奔跑的各種形狀的
語言和圖卡

我積極翻找湧進我腦波中閃爍的極度可能
組合成停留在他腦波中和靈魂交合的瞬間光亮

我支持我從濃濃疑問中整理出的答案
那是屬於你被我擊中的沙包

那是你的左手和右手無法掌握的霧般漂流的音頻
那是你讀不懂你自己和領悟的虛懸迷障

人肉炸彈

「我是一枚未被擲出就引爆的炸彈」

滿地都是鳥隻和其他動物的屍塊
她並沒有放棄自己
她並沒有同意黑紗袍裡被安置炸彈
她甚至不知道炸彈如何使奶油融化
另一個她也不會估算引爆的炸彈將從多少
人的身上流出血液
當阻隔二十分鐘引爆的兩具碎裂屍塊被
一一撿起

她們甚至不知道自己完成的
是項多麼偉大或恐怖的自殺任務

註：伊拉克首都巴格達於二〇〇八年二月一日驚傳兩起以唐氏症智障婦女身綁炸彈，引爆爆炸案，造成九十九人死亡，一名為販售奶油者，另一名為販鳥店員。

卷三

愛琴娜島的風帆

愛琴娜島的風帆

點點風帆盛放在和諧的蔚藍海岸
猜得出
矯健的舵手正用胴體在書寫海洋？
必然，陽光十分炙烈的在他們額上雕鑿
夢想
暖風正呼叫她們將自己放空
他們向岸無盡的遠方一路焚燒
是地中海光豔四射的燦爛景觀；
包括飄揚在夢中如雲朵相互追逐的白色
風帆

二〇〇八年十月十五日〈自由副刊〉

百年阡陌

誰站在歷史的長廊
呼叫今天的時間？

飄浮在天空底下五顏七彩的色澤
涉過風、涉過雨
歷經騷動的節拍
建構紅藍板塊的衝突
之後，島嶼濁水溪以南的壁虎
叫醒了戒嚴時期的幽靜
綠色便進駐為地圖上可以言詮的一個名詞

隱藏著各式變化急速向前推進的時間
於宇宙廣場
聽到一枚錢幣的呢喃
說：今日的島嶼
有高樓大廈幅射出現代閃爍的光芒
山稜大地也以愛墾殖了心靈的田園
卻也聽到有尖叫聲突破寧靜的空氣……

理性與非理性——不夠清楚的民主定義
讓城牆構築在血脈與思潮認同的歧異上
家族因立場不同認定不同而鬩牆
藍綠因各執己見的偏執怒目相視

這是你的輕舟我的寶島
藍色天空，綠色大地

豐富分據圖畫上實際空間的某些比例
繭般複雜的百年紋路
是兩岸？
還是意識型態？

陽光照曬月光洗濯泥香滿溢的這島嶼
如何跨越道德良心和意識型態
從紛紛擾擾中
導向百年後的和諧？

我們都站在今日的長廊
呼叫未來的時間

二〇一一年三月《吹鼓吹》十二號

傘下

我，魂魄被捏塑成被指定的形狀
匿藏在傘骨輻射的小小宇宙

一路走過的風景
是前世的橋凝睇的眸歲月的變幻
失修的幻境，總支持生生世世寫在記憶裡的節芒
因為傘下世界僅流動成傘外雨滴串成的淚
與傘內與世隔絕的田園

這裡沒有自己
死亡是意識之外的事
如果抬頭尋找星星
星星即在夢的外面向傘內張望

二〇一〇年六月一日〈自由副刊〉

雨天水岸

拉扯著自己的從前來到水岸
雨潮濕著小獅山的意象
新店溪的肌膚
在微微晃盪的碧潭橋下漣漪歡呼
夢中風景線從潭面水波一一浮現

岸上店家
停泊溪上醒目遊艇、渡船

以及橋上、橋外朵朵開在雨中走動的傘花
穿過歲月
都是心靈遊蹤最精緻的鏡頭

躲藏不見的是陽光
它退隱到山的那一頭記憶的那一岸了
水岸，雨滴的話語不斷說起這些那些
我回頭，看見徘徊心靈的行蹤
前面，是我的行蹤

二〇一〇年十月七日《印刻》八十三期

石頭

它擁有不能改變意志的特質
頑固的詩章敷滿粗糙的皮膚
和結實的靈魂
露在早晨傳述它一整夜抱持的堅持
冷靜姿勢，用以對抗天地荒野的凝肅和孤獨

它用電光石火的火花來提昇這個世界的溫度
它以奇特造型鑲嵌被美蠱惑感動的心情
更以小小的快樂被腳尖舉起或踢滾

其實，它的坐姿，有時
龐大到足以遮蔽戰爭彈火的攻略
有時，它的磅礴
卻只是為了助加鷹展翅飛翔超越磅礡的姿勢

二〇〇九年九月《吹鼓吹一詩論壇》九號

高鐵車上的心情指涉

風景從窗車外走過
我制約我的胃
繼續和行程一起向前奔馳

車道走廊兩旁的旅客
各自擦拭著各自的時間
踏著思路前來的句子
在腦海中徘徊
摸索不同的線條和形狀
想要出櫃

手機靜默不語
似乎和抵達的時間已經達成某種共識
報紙一角被沙塵暴繼續佔據
眼睛和眼睛在霧霧的世界裡相互張望
無關悲喜，也與生死無涉

二〇〇九年九月《吹鼓吹詩論壇》九號

紅，深夜劇場

淒厲的叫喊穿梭過暗夜的街道
一顆子彈帶著汩汩血流
回應一格格空洞的門扉

紅色是我勃起的希望

深夜的演劇
漫流過夕陽臨別的微笑漫流過車禍的
死亡漫流過子彈的眼淚的舞台

用沉默迎接面向舞台的眾多閃爍著
各種色澤的觀望

二〇〇九年九月《創世紀詩刊》一百六十期

黑・橙

一、黑

有某種聲音
蠕蠕前行在這樣陰冷的色系當中
那是內隱的情緒內隱的線條內隱的聲音

即使被深深凝視也不會發出聲音

如果說它有滂沱的欲望
要在沉默中狂野的歌唱

您當會聽到行走在你內心的激情
狂妄猛爆，手足舞蹈

二、橙

熟透了。熟透了記憶和
冉冉升起的希望
蜿蜒色系的路徑
它是比紅更耐誘發胃蕾積極蠕動的最佳元素
綿延比黃更貼近平實生活和幸福指數的題旨

滿溢積極概念
橙色寧靜流動

那是秋收後成熟的色調
是晨曦，也是落日

二〇〇九年十一月二日〈自由副刊〉
《笠詩刊》二七二期

圖書館一瞥

一

站得直直的條碼
被紅外線的炙熱燙傷
發出一聲尖叫

二

文字被眼睛抓住
心，跟隨峰迴路轉

新聞頭條捲起的風暴
精神貫注中，震撼，翻轉

二〇一二年九月十日〈自由副刊〉

小詩輯

靜

魚缸內
時間很滿
水太靜，沒構成浪濤

刀

記憶抽出一把刀
把今天的心情刮傷

夜

她走出簇擁的夜
朝思維的另一個方向奔跑
直到碰觸到內心那堵牆

幻

帶著櫓聲
搖過來的是他的眼神

下弦月

月亮緩緩流下它的亮光
我的眼睛坐在它橙色的標題上

耳鳴

鵲鳥鋪天蓋地
牠們找不到逃出天空的
那扇門

空箱

為了裝載
而空著

填土機

為構築理想挖得空空的心
等待平復原狀
它盡心分次餵些希望

回憶

他站在鐵窗外
看到走進去一個寂寞的黃昏
又走過來一個跛腳的黃昏
原來他的腳印和中槍的腳都停留在黃昏

花香

花香從月曆圖案中
溢出來
嗆得滿室家具不停的顫抖
香水百合卻祇打了個小小的噴嚏

坦然

露珠蒸發了
荷葉面對陽光面對樹林
露出曾經擁有的寧靜

體悟

那人逃開喧囂
匆匆
把自己的寂寞叫醒

音與幻象邂逅

葛利格〈悲傷的心〉湧出的小提琴旋律
不斷感歎
直到和弦微弱結束
我的腦海才跳躍過一隻貓

櫻花物語

這裡正醞釀櫻花的盛宴
我正以燒灼的速度奔向過去
繽紛的時空
相同的花色
此地可不佇足我四處尋找的季節？

無解方程式

話，急瀉如雨
那是六月的詩句
七月，陽光繼續兇猛燃燒
一條無解的方程式
含混著有刀有恨無劍無血的過去和未來
它們一起抵達白日盡頭的黃昏

纏

在時間的磁場
他的笑聲沒有睡去
他的哭聲沒有醒來
一直纏繞他意識的是這些、那些

視覺空間

各種想像在遼闊感覺中奔跑
剝開內心閉窒的架構
腦波中出現一望無際的風景

鏡的變奏曲

落日在海平面照見自己的記憶
碎裂的湖面
想淨空自己

老嫗

她像一件哭泣很久的棉襖
在街景中走

密閉空間

眼睛和玻璃纖維對撞
空調，秩序化走動
它們一心嚮往清晰空氣中的灰塵
自在昇昇降降

走廊

長長如巷的空間是一根繩索
自由來去像風
腳步聲像瓜，可以一一摘下

玻璃帷幕外的車流

時速二十五。一盒盒時尚蠕動的車流
溫柔撫摸著這座城市的皮膚

天空，無形的翅膀
一雙雙浮貼航飛過冥思的頭頂

許多秘密正在這座城市默默進行
許多意志正從這座酸甜苦辣雜陳的城市簾幕消失

車速四十。不必刻意將自己的心靈
歸類為溶或不溶的汁液
歸類為主流或邊緣
在車流中雲一樣漂流
且奮力緊抓住幾要沉沒歪斜桅杆的
都聽到自己的身體發出聲音

二〇一〇年七月《文訊》二九七期

新聞頻道

有一條弑親的聳動新聞
跑出跑馬燈的巷道
另一條槍擊血腥畫面
以馬賽克的遮掩方式
攔腰橫掃觀眾的視窗
世界各地的天災、摔機、恐怖攻擊……
之後，才有癌末病患與生病拔河的堅忍意志
嘹亮歌聲的感官突破
……
扭轉至緊張情緒後的鬆弛地帶

眾多頻道搶攻同樣的新聞戲碼
我們毫無選擇的在嗜血的鏡頭下
頻頻與焦慮對抗
或許，我們
只想知道哪裡有鳥聲划過那條街道

二〇一一年一月十日〈自由副刊〉

卷四

線條交織

線條交織

弧度線條。詩意交織
從夢中脫困而出
它不再祇是夢中線條
或鋼索定影的舊式擺盪吊橋

沙地渾濁泥濘
水澤草地遍佈垃圾
群貓——大貓、小貓在腥味中亂竄
努力拼貼此地另類風景

壓縮記憶南印度緊鄰阿拉伯海的喀啦啦省科欽
有呈現六條明顯弧線
拖著落日、拖著漁網
和幾名捕魚漁夫
此際，正著墨為我視網膜上凸出的
現代時空實景
它們是航行過我人生夢境版圖
不曾消失的交織線條

南印度實景

雙牛拖車

我的軛
套著你的頭
你的腳步
套著我前進的旋律
行過漫漫鄉村小路
城市的市集。夢的朝聖終點站

記Vemnanad湖上清晨

水紋圍繞屋船嫵媚微笑
我的目光汲水可及

布袋蓮在湖的版面移動
雨季湖水暴漲以前

舟楫挨在布袋蓮左右
槳的思維可及

曙光從椰子樹叢出鞘閃耀
視線觸目可及

海岸寺廟

無關二〇〇四海嘯
浪潮狂呼被沖激銷毀的海岸寺廟
一滴汗
從龜裂的花崗岩丘陵沁出

馬合巴里普讓小詩

A、
三五〇盧布。玻璃濕婆神像
自印度本土飯店大廳
向世界各地流亡

B、

仰天吐納笑聲
穢氣走出去
裡面是乾乾淨淨的心

轉

梵唄在低海拔的臨界點縹緲延宕
十字架懸天而立
那座橋把湖割開了
裁成兩張紙
兩片天
他繞著自己的眼睛轉
繞著自己的內心轉

遇

和《摩訶婆羅多》印度史詩的四名王子
和他們共同的妻子
相遇在午后酷炎的高溫
印度洋的海水在孟加拉灣
輕哼歌曲
那是七世紀時的歌聲
那是昨夜來回走動的海浪

馬度來（Madurai）一景

右手抓著米飯
盤起的雙腿和臀部抓著泥土
雞在啄食掉落泥地的飯粒

狗在那裡陪伴小男童觀望靜靜的清晨
釋迦牟尼佛斜視瞟視……

二〇〇六年十月十日〈自由副刊〉
二〇〇六年冬〈乾坤詩刊〉

Ayurveda

神油在肌膚上均勻擴散、滲透
雙手滑動
爬過赤裸軀體的山谷丘陵
這是一場默默進行不分膚色的和平戰爭
在某處戰地
展開攻陷敵營的攻擊佈局

親愛的俯視肉身的烏亮眼睛
為炸燬敵方防禦工事
在肉身地圖

搜索筋骨的秘密管道
熱辣芝麻油混合草藥
在指腹攻奪戰中
奮力將筋骨的陰霾痠疼
一一擊潰

自油床躺下、起身、下床
呼吸始終保持沉默的最低溫度
黏滑的肉身仿似穿過一座廣闊的
野戰叢林……
當姿勢穩住與地心引力的平衡關係
一盒綠豆粉、一塊肥皂
大量的水和數不完的搓揉

將使疲倦的人生和鏽蝕性靈
收拾乾淨

註：Ayurveda具有兩千五百年歷史的印度按摩

二〇〇六年十二月三十一日〈詩網路〉三十期

機艙內

一

航過天空航過心情幅員航過
報紙腹地的眼睛
頓然。比亂流更早一步
被爆開的笑聲
引燃

二

笑聲
成群結隊嘈雜跨越
眾多髮式雲朵
衝向半空中嘻笑的螢幕

三

有名或無明層次
涉及熟識或千遍一律的視野
盪動的風景，飛盪的心情
把曾在寂寞的街衢和蟲鳴鳥叫相互呼喊的感覺
叫醒

二〇一一年八月一日〈自由副刊〉

恐怖攻擊

巴基斯坦西北杏薩達鎮
驟然升起血腥的哀嚎
二名炸彈客身綁炸彈
騎摩托車衝向邊防訓練中心開始放假的新兵
傷及八十人死亡
並炸毀十二輛巴士和許多店鋪

這是巴國神學士組織
為賓拉登進行的首樁報復行動
他們極度不滿美軍突擊凱達首腦

想像：曾經
一百二十人受傷血流成河的現場
想像A、A航空的飛機衝向紐約雙子星舉世震撼的鏡頭
如何以燃燒的煙塵湮漫全世界的眼睛

穆斯林和美國的拉鋸戰
反恐步槍和自殺攻擊
在人性的版圖上，明確的諷刺著……

而天空，一群和平鴿悠悠飛過

註：此插曲發生於二〇一一年初，賓拉登未死之前，不實的報導是：他被美軍突擊並被海葬。

二〇一二年五月《文訊》三一九期

簡單的問卷

A、傾讀山澗小溪或石器碰撞火花四濺的詩句嗎？
B、淚流摻雜什多鹹濕的歌唱有其絕對的必要？
C、摸索到心跳的頻率和它擁有的天空嗎？
D、擱上詩集，讀後的感觸如何？

a、讀詩，黏附到作者的愉悅
和心情膨脹的哀傷

b、過分揮灑鹹濕性濃烈的抽搐
讓聲音如同在海上浮沉的叫嘯

c、起伏的頻率像一面被重物擊中裂痕流竄的鏡子
天空散落許多尖銳的碎片
d、反挫力使密佈的雲翳消失、又聚攏、再消失……
就是這樣

二〇〇六年四月份《聯合文學》

熱汽球旅程

它和我騰空的身體一起上升
和陽光接觸最多的是我的皮膚
四周包圍著藍嵐天空
腳下是被火山岩漿侵蝕的奇岩怪石
各種各樣造型
在我的注視下橫掃飛掠

我飄盪的心情隨著氣球的方向忽左忽右
忽上忽下，衝刺中
小小的危機在燥熱的空間蜿蜒

快撞到岩壁時
熱汽球總及時轉彎

像飄遊的夢境現實現在時間的磁場
像一曲輕柔的旋律行走在長長寂寞的路程
而腳下的火山灰泥土地仍矗立在那裡
等待我們回航

註：卡帕多奇亞（Cappadocia）為土耳其境內奇石嶙峋之地，最適合熱氣球行旅。

二〇〇八年九月十日《中華副刊》

廣州一輯

樹

樹　站在原地
遙想天空

親吻土地

口　鼻　臉頰
貼近泥土
聽到脈搏奔騰的旋律

宣告

右臂肱骨抓不住右肩膀
脫位的骨骼
和汗滴
同時宣告：世界正向落日的方向
摔下去

洞窟夜總會

洞窟外的高溫被阻擋在外
洞窟內，拱形舞台周圍
是一洞洞楔形文字般圍坐石桌的人潮

杏桃。啤酒。無花果。蘋果茶
紅酒。羊肉。白酒。豆子

開場是幽暗中不停旋轉的旋轉舞
四名舞者像極四顆螺絲釘
靜靜舞出神祕派的神聖意涵

緊接著，鼓聲密集催動每個人沸騰的神經
傳統土耳其婚禮更是把情緒
推向狂歡的高潮

而風騷的肚皮舞孃又推出另一番騷動的舞姿
且引領觀眾進入忘我的高潮
此時，誰記得此行的特洛伊戰事
什麼什麼的可以礦物質治病的土耳其浴

二〇〇九年一月《文訊》

博斯普魯斯橋上的眺望

弧形橋身優雅跨越在歐亞兩洲海峽
左邊是黑海　右邊是馬拉馬拉海
普邁尼與安娜多魯兩座歐亞城堡
分別是安住心的家和
將能量拍擊出去的工作場域

鄂圖曼濱海房舍櫛比排列
如閃爍音符
鷗鳥在湛藍天空飛翔　如詩

像絲般纏繞向悶悶的霧那般散開的
中東歌曲
從渾厚的胸膛推出
唱醒亞洲的早晨歐洲的黃昏
共鳴在世界的共鳴箱

註：博斯普魯斯橋（Bridge of Bosporus）是土耳其境內橫越歐亞兩洲的橋樑，經常有人從亞洲至歐洲上班或反之。

二〇〇八年十二月十二日《中華時報》

巴林機場吸煙室

煙霧繚繞如一闋過分寂寞的曲調
醞釀中東掩蔽視線的沙塵暴
那裡
白色頭巾。白色罩袍。紳士西裝領帶
和東西方長裙短褲嬌豔打扮
他們一起把熄滅的煙屑熄滅的鬱悶堆積為
一落小山
油產量漫流過他們眼眶
機場兩個轉動人偶
不停旋轉穆斯林的炎熱和清涼

流過他們眼眶的炙熱煙霧
冷冽了他們的肌膚他們的心情
寂寞了我的視線我的髮

二〇〇九年十二月《文訊》二九〇期

Mahan Air

巴林之夜

中東的戰爭垂掛在歷史的某一時段
巴林的夜晚
天之將曉，嗡嗡咒語是一支神聖的旋律
如白日霧濛的沙塵暴
敲打波斯灣的海潮

男生著白色罩袍
女生是黑面紗和黑色罩袍
她們總裸露一雙特別清楚明亮的大眼睛

有珍珠美譽的巴林大公園
在海灣航空機翼下驕傲顫動
許多人的歸程亦是許多人的中途

產油量僅次於阿布達比和杜拜的這豐饒土地上的子民
從來不知何謂偷或搶

二〇〇八年七月三十一日《中華副刊》

卷五

冰河記憶

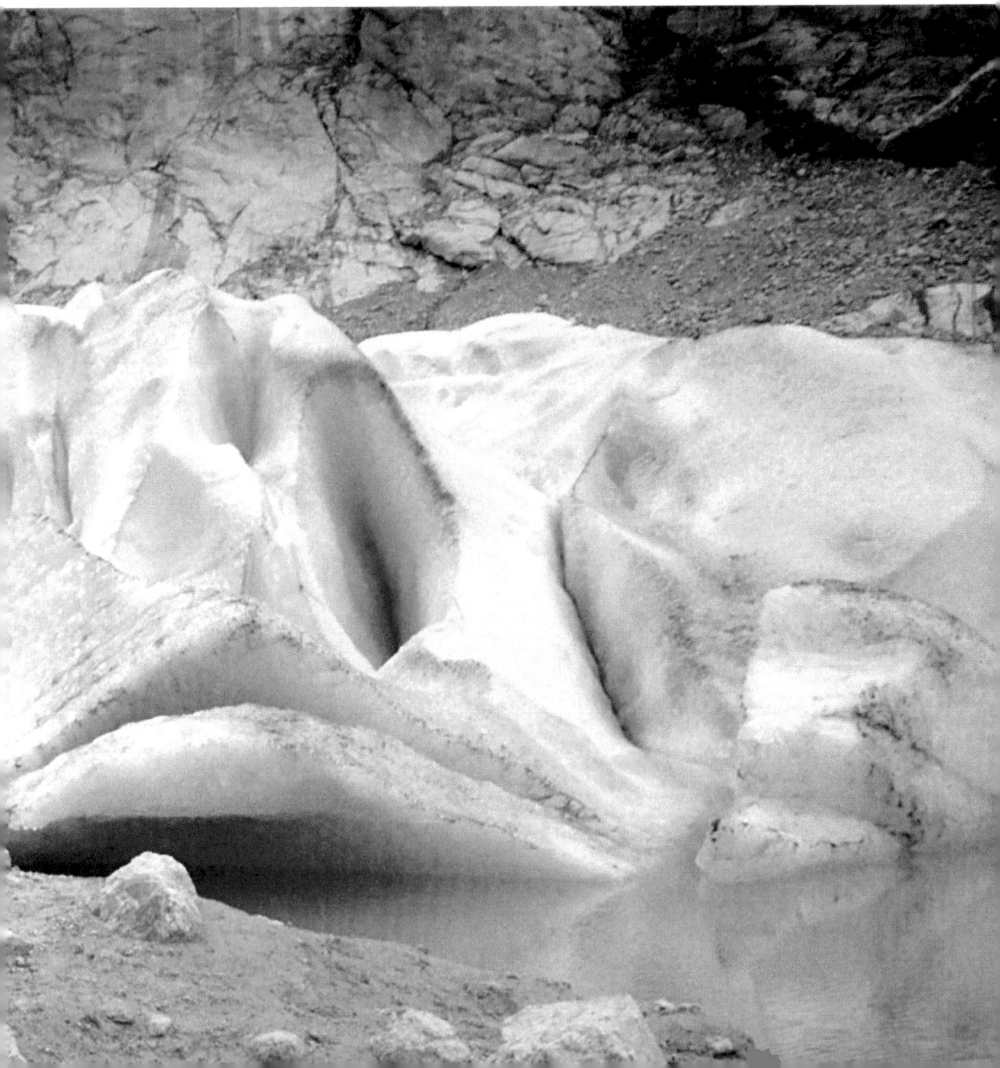

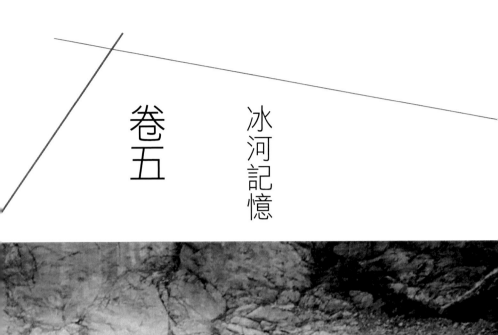

珍藏冰河記憶

湛藍雪白相間的冰河
遠望，澄亮晶瑩如透明水晶
近身觸摸，從山上挾滑下來的污泥
兩種感覺在心裡交互搓揉

四八〇平方公里歐陸最大冰河
置身其中，撫觸它，和它合照
看見
而有人裝備齊全攀冰而上
成為龐然冰河上移動的無數小點

約特達爾冰川絕妙的景觀
就如此建檔在永遠的記憶庫

二〇〇五年九月十三日《台灣日報》

波羅的海航程

波羅的海。詩麗雅交響曲號
在十三樓甲板上狂烈行走的是風
左舷，匆匆走過
一排雲，一排樹，一些赭紅的房子和礁岩
右舷，有散落的小島和追逐航程向前飛翔
的海鳥

芬蘭氣候，細密驟雨
時不時來叩訪船艙
陽光時不時也捻熄它的光照

波羅的海兩岸交錯寧靜的湖光山色
一再被天空所複印

六樓斯堪的納維亞的自助餐上充滿笑聲
七樓賭場的輪盤賭台和各式賭錢機
如酒吧間氾濫的各式洋酒一般猖狂
西比流士的銅管樂留在岸上
舉家反覆裸裎於熱氣和湖水的芬蘭浴呢？
——總之，斯德哥爾摩已在清晨
站在前方

二〇〇五年八月十六日《自由副刊》

北歐之旅二帖

阿爾塔至北角途中

許多人在扁平的石頭嵌寫上自己國家的名字，和
願望不一的心願，並把石塊一一疊砌成高高的尖
塔我也把我的名字丟棄在那裡，把我們的國家書
寫在那裡，見諸夏日太陽永不墜落的永晝和堅貞
白皚的雪原

註：阿爾塔（Alta）為到達北極圈內重要的峽灣港市。北角（Nordkapp）為北緯70°10'21"

間歇泉

間歇停頓。它安靜的時候，心裡還是鼓譟著洶湧的波濤，然後，經過火山洞窟地層醞釀好爆發的能量，便衝上半天，形塑成綺麗高壯的地熱溫泉，它絢燦的鏡頭，是從地表脫韁奔騰如飛瀑暫離崖壁的一疋奇詭水簾

註：間歇泉為冰島火山特有的景觀，停歇三至十多分鐘，便噴湧沖天。

二〇〇五年十月六日《聯合副刊》

聽海濤朗讀

遠眺斷崖，腦波舞動起各式魔幻想像
大西洋上濛濛的冷霧
簇擁洶湧的浪濤拍打險峻岩礁
洛卡角的視界範疇
橘黃燈塔以最孤寂的姿勢
屹立為歐陸最西端
遊客將視角調向遠方
思考的角度
潛越過被感動的心被風颳傷的肌膚
留下聽覺——

聽覺正仔細傾聽海濤朗讀被海風踢出的旋律：
那有如手風琴與獨唱者合體的空靈憂傷華多輕唱
它敘述被歷史潮汐淹沒的
伊比利半島曾有過的海權輝煌的時代

註：洛卡角（Cobo da Roca）離里斯本三十公里，為歐陸最西端。華多（Fado）為葡萄牙民族歌謠，討海人的靈魂之歌。

二〇一一年十二月二十三日《中華副刊》

極地相遇

——致老友蔡醫師

海浪翻湧攀越過記憶的童年
它們安靜走出來
悻悻走向一座沒有妳沒有我
祇有時間和空間的教堂

喧譁的冷，漂泊的極致
我們不談海獅、海狗、極地花卉、鯨魚躍身
妳極度陶醉深陷史懷哲的人性關懷

記憶的刻度
依序亮出碎散的童年鱗爪
被風雨啃嚙冰雪覆蓋的舊日往事
此際，行旅的行腳中
點點滴滴，轉身貼近

我們看見陽光

二〇一三年一月二十二日《自由副刊》

阿拉斯加灣的落日

落日，落在白色恐怖賠償金拏著的行囊
落日，落在漫步淡水街頭的腳步
落日，落在處處山山水水旅遊的某一地點
落日，落在阿拉斯加灣天空反射皚白冰原
　　冰崩現象太平洋內灣

藍寶石郵輪七天之旅的七個黃昏
他站在那裡

觀想
洗了又洗霞雲靉靆或澄明的愁
且吐納那些獄友未及吐出身先死的喟嘆

二〇〇七年七月九日《自由副刊》

冰川迤邐的雪橇摩托車

冰川迤邐的雪橇摩托車
那是我們暫且忘懷享受冰原人身處人間天堂的喜悅
頭盔。手套。連身防寒厚重連衣褲
防濕防滑膠鞋
在位居偏遠的冰島冰川
我們感受馳騁的激情

白皚皚的一片雪原
夏日半融的雪冰窪處處
剎車時——，不

此時必須加油衝刺
才能通過水窪

停下雪橇，看到山裸露一半的白
一半的綠
打雪仗吧！這是冰原人的世外桃源

二〇〇五年八月二十七日《中央副刊》

陰影——觀畢卡索〈蓋爾尼卡〉巨畫的回響

驚嚇的動物，驚呼的婦女
矗立在藍黑和灰白畫面痛苦掙扎
反戰主線是一張抱住死亡小孩欲哭無淚的臉
凸顯於兩千名百姓喪命納粹軍空襲小鎮的內戰屠殺

想像受苦之狀的暴力圖像
轉換成譴責戰爭的苦難畫面
觸動對殘暴的撻伐唾棄之際
又該以怎樣的語彙去詮釋
被畫家施暴的現實情人的破碎影像

弔詭的是畢卡索的輝煌成就
淹滅了親體的實驗
是批判？
是反諷真實人生的人性題旨嗎？

註：一九三七年四月的西班牙內戰，巨畫女角傳為畢卡索情人朵拉．瑪爾（Dora Maar）的臉。

《鹽分地帶》二十二期

走在卡貝爾橋內丶外

時間在這裡流動
路易士河畔的空間構圖是一句句私密的符碼
市政廳塔樓、霍夫教堂巴羅克外貌
卡貝爾橋錐形八角尖塔
——是我鞋子磨蹭路面和時間交談的步伐

燦爛地標混雜新舊城區的影像線條
我聽到時間咻咻走過
橋外有雨點黏黏的呼吸、路淺淺的滑

橋內部份畫作仍藏著火燄燒炙的記憶
而風走過濁黑屋頂圍欄再跨過重建的淺褐色調

我從歷史的紀錄閃出
再進入自己的內心
世紀風火的邊界
我聽到神祇的祝福從河面悠悠流過

註：六百年歷史的卡貝爾橋（德語：Kapellbrücke），曾在一九九三年八月發生大火，擁有屋頂的橋內，懸掛的畫作，大火時被燒毀不少。

從亞爾薩斯開往巴塞爾途中

雨沿路敲叩早晨九點鐘窗玻璃霧濛濛的酒香記憶
斷裂的印象：同樣的四月
路樹在風中彎折身軀
峽谷、湖泊捲起衣袖

從亞薩斯・科瑪
砂岩建造的各式建築
在晃動的視覺中慢慢褪脱
手風琴拉動戶戶門前盛開花朵的旋律
清爽劃過腦際

它們以反荒蕪的方式在車窗兩岸張貼
一路釋放

註：亞爾薩斯（法語：Région Alsace，德語：Elsass）為酒鄉，巴塞爾（法：Bâle，德：Basel）為瑞士第三大城，科瑪（Colmar）為小法國區。

四隻貓餐廳下午茶

他們坐在焦熱企盼裡
這裡，沒有畢加索劃時代的巨作「亞威農的少女們」
祇看到進門左手牆上一幅騎單車巨畫
和四層擺置各種酒瓶和咖啡杯
以及咖啡杯前4 cats的橫式招牌

二進屋裡四壁掛滿小畫
他們坐在燃燒的渴望裡
看不到反對獨裁
以黑、白、灰組成的大型壁畫「格爾尼卡」

每個人祇以品味咖啡的心情
細細品味畫家在各幅畫上駐足的鮮豔色調

咖啡香味敷覆著
三進屋裡憂鬱時期後粉紅系列
迄至磅礡氣勢的各期畫作
這裡，朝聖者投入於對畢加索虔誠的追尋
因為，這裡沒有西班牙矗立街頭的米羅雕塑
沒有以夢為主的達利
或哥雅或委拉司蓋斯……

註：四隻貓餐廳因畢加索當年設計的餐巾紙聞名，內分三進屋，是觀光客必訪之地。

二〇一二年一月《文訊》三一七期

馴鹿處處

冰島：馴鹿柔軟的毛皮都陳置在販售攤上
所有的馴鹿卻被主人作記號
放逐在草原

在挪威：拉薩人居住的附近
一隻隻肥碩馴鹿，行走在
沿途公路

在芬蘭：SAARiSELKA
幾十隻馴鹿耽在馴鹿農場
更多馴鹿在草原上吃草

羅凡聶米，聖誕老公公的家鄉
我們第一次在拉普人養殖農場
觀賞他們崢嶸的頭角

註：挪威拉薩人，過境至芬蘭，便稱為拉普（lapp）人。

峽灣火車之旅

神奇美妙的挪威縮影
緊扣心弦峰迴路轉的高山火車
高崖絕壁剛剛迎面而來
壯闊的瀑布便展現磅礴的氣勢
向我俯衝而下

火車以五十五度仰角
穿梭於大大小小二十個山洞
經過奧蘭峽灣與拉達爾之間
世界最長的山洞……

我的心貼著車速前進
觀賞的眼睛緊緊抓住兩岸的風景
心臟，急速跳動，躍之欲脫口而出

註：高山火車為挪威峽灣最刺激的行程之一。

二〇〇五年十月《中華副刊》

震撼

——參觀高第聖家堂

沉穩偉岸的立面雕像
在十二座鐘樓上敘說耶穌基督的成長過程
耀眼的創意自幾何空間
透露出神秘的視覺密碼

支撐天花板、拱頂和大窗的巨大柱群
不規則的形狀
引領所有目光進入另一時空
彩繪玻璃折射出華麗繽紛的圖案

顛覆傳統的活力線條
紛紛將每個人的心靈、眼睛刺殺

色彩．曲線．造型．拼圖
平易近人的特色
讓光影隨著不同的季節
在莊嚴肅穆中傳遞出不同的光影符號

螺旋形階梯．水果雕飾．玉米塔樓
聖女．吹奏天使．棕梠葉．骨骼式石柱
當我們和高第的夢幻相遇交纏
我們，其實也在同一時空
和自己潛在的靈魂相遇

二〇一一年十一月《秋水》

感性衝擊

卷六

感性衝擊

我進入宙斯神廟的倒塌實境
一〇四根柯林斯（Corinthin）柱式構成的莨苕葉造型雕飾柱頭
以視覺上豐富的美學風采傲視衛城所有神殿
旅遊指南指稱：現今可供憑弔的祇剩十三根柱子
其中，包括地震倒塌斷裂成節藕般
趴臥地上那一根

歷史在此撲撲振翅拍響世紀的光譜
視覺遊走在遺跡煥發的古希臘精髓
廊柱繁複的雕工，撞擊著

心靈迎受的感性衝擊
頓使古今瞬間融成一體

景美夜市

行駛公車載來石碇野薑花香
和深坑臭豆腐
雜沓腳步聲，忙亂中
一一鋪設起夜景

集應廟的香火，在
陽光離去後
率先點燃各攤位各具風味的情調
一條走道成列排滿蚵仔麵線
像寫意的行道樹

另一條走道，湯爆雞排
呼叫鐵板燒滋滋叫響的異國風情
新疆羊肉串醞釀遼闊草原豐美的悠綠意象
偶爾客串的鵝肉攤，三不五時，救贖似的
前來與糖葫蘆、烤玉米、章魚燒、成衣、球攤相會
可麗餅、藥燉排骨和各種串燒，隔街相望
去角皮的歐巴桑和對坐的小姐
溫吞磨去一整個夜晚內心的鬱卒

這裡是許多人習慣佈置一日腸胃的早市
入夜後，翻轉為
新節奏圖騰的另一塊印象版圖

卡洛維瓦里溫泉城

我踩下的腳印
每一步都是貝多芬踩過的腳印
我雙目巡禮接壤的風景
是二百五十年前哥德醞釀靈感面對的風景
我輕啜吞飲的溫泉水溫
是濹妥托爾斯泰和柴可夫斯基心肺的水溫

雙重吻合重疊的想像
在群山環抱綠意新鮮噴泉噴湧乾淨的靈魂深處
激蕩

翻捲
飄升
飄升到
比蔚藍更蔚藍比金黃更寂寞的高度

註：卡洛維瓦里（Karlovy Vary）溫泉城是捷克觀光勝地，為歐洲最著名溫泉城。十二處噴泉，從三十至七十度，引用對腸胃病有奇效，歷史名人如貝多芬、柴可夫斯基、歌德等，人皆曾慕名前往。

一九九九年九月二日《自由副刊》

時間在縫隙中穿梭

時間在縫隙中穿梭
在牆壁平滑的表面
我感覺行走
在書頁翻動的頁碼
我感覺它從指尖漫步走過
在煙火點燃暗器碰撞肉體逐漸蒼涼
萬物由生而死的情結
之間
我們被物化的一群
在它無號誌的催促下行走

當此刻迅速轉變成無關重要的一個點
我們完全淪陷以前
它穿過我們的身體，來去自如

自繪

我在冷肅中誕生
在陰晦無名荒濛的早晨
哭聲尖銳撞擊房間任一角落的剎那
失序的燈光和我的入世齊一清醒
而遠方，汽笛正行走在某枝畫筆鬱暗的
劃過我生活的每一道軌跡
似乎一一註定波折著戰爭逃避空襲的臉
和內心交戰掀起的幽微戰事

即使童稚無邪跳躍在堆滿浮木的池沼
忘我奔跑在橡樹林的歡樂
曾幸福短暫進駐過生命
之後，便常有股血濺的激情
如隱月急欲破雲

悟，是用一根繩索將自己暗殺。
往後，經常搖撼內心感覺
讓靈魂在一座座城市的拼圖中流浪
我在霜雪披身的撻伐中挺立
只讓光華優美的旋律
盤桓在我空曠寧靜的內心

迎向蕭邦

Lazienkawsks公園的早晨
沒有一位演奏家演奏的弦音在那裡盪漾
綠蔭和怒放花朵
卻逕自吐納「幻想即興曲」柔美的音階
伴隨右岸杜納河的河水
低旋、迴轉

帶一把泥土離開波蘭
他和喬治桑九年的情愛
是我年少時如痴如狂傾聽「雨滴前奏曲」

聽到的最美麗故事
而今，手摯從他雕像前撿來的一顆小石塊
面對心臟歸葬祖國華沙聖十字教堂石柱碑上他的頭像
感到他正時刻對答著後世對他景仰的鮮花和目光

是詩人氣質？卻是個音樂家
有流浪天性？卻心繫家鄉
葬身法國
他把時間和榮譽都留駐在一曲曲輕叩心弦的樂譜

註：蕭邦只活三十九歲，「幻想即興曲」（Fantasie Impromptu）和雨滴前奏曲（Raindrop Prelude）皆為他名作。公園在Ruver Vistala左岸中央車站之東南，故詩中才說右岸。

一九九九年創世紀詩刊一二〇期

波羅的海的落日

落日
溫柔的浮貼在披滿橘紅彩霞的天空

波羅的海的沙灘
起起落落印著我們的腳印
我們懸掛在風景裡的眼睛
躺下來
以仰角
觀看　海浪中走出來一對著泳衣的母女

四個手拿酒瓶膩坐沙灘飲酒的男人
和一對夫妻帶著小女兒朝反方向散步走去
張貼在
愛沙尼亞夜晚十點半佈告欄似的天空的落日
照耀出
曾被共產折磨沒有笑容的那批人一臉冷酷的表情
夜晚十一點
波羅的海溫柔的那顆落日
終於姍姍從絢爛的天空悄悄退隱

一九九九年十二月十日〈人間副刊〉

參觀奧斯維辛德國納粹集中營

鐵軌僵臥在霧白空氣中
留在遙遠年代
將猶太男人和女人、小孩分置兩旁的火車
隱然還停留在眼前如幻似真的鐵軌上

觸目，一路驚心見到
櫥窗內堆積如山殘破的衣物
眼鏡、假牙。舊鞋
和一牆情緒灰沉的故人遺照

心臟，不能不被觸動：
那四百萬猶太人及法西斯將士
從簡陋牢房到毒氣室，終結一生彼時
在他們疲累如斯的體內
迴盪的疲累如斯無聲的吶喊

是通電鐵絲網
殘酷遏阻他們被凌虐而無法奔向自由的靈魂
現在，它仍冷顫侵擾參觀者頻率不一
的呼吸

一九九年八月十日〈人間副刊〉

圖像詩

他是一首單純標準的圖像詩
有形有狀有手有腳有微小的動作
卻發不出聲音，但充滿意義

黎明在他的眼睛，黃昏在他的額頭
雲在他髮上，雪落在他心中
他的言語鎖在喉嚨
讀它，得通過完整的想像
踱蹀在猜忖的走廊或觸摸它顯現的稜角

童稚而漸遠去的童年之後
小孩得試著
慢慢去解讀一首類似圖像詩的
父親

東方夜快車

一排頭顱
站在車廂走到窗前向外殷勤張望
聖彼得堡冬宮、夏宮和四馬橋漸次朦朧
莫斯科紅場和巨炮
刷印著夜快車催眠的線條
我們要奔赴因托爾斯泰和普金斯而榮耀的那座城市
輪廓，如畫片所見，明晰成形

腦海，哐噹哐噹一寸寸被浸透的思維佔領
天明時分

我們將站在占有地球表面土地很大比例的那座城市
並且，行走在各條街道

拼貼·沸點

拼貼

把年輕的乖戾和晚景的慈悲
拼貼
把心底的孤僻和現實的妥協
重疊
火，發出喧譁
把一個完整的我
點燃

沸點

花腔的語言總是由水的表現唱出來
幽禁的思緒也是從水的底層浮升盪開
魂與魄‧快樂與憂鬱
各種音階
各自跳躍獨唱自己的熱情或哀怨

二〇〇〇年五月十五日《自由副刊》

我居住的這個城市

哇！臺北
緩緩穿越過它腹地的是淡水河、基隆河
從翡翠水庫流出的水
具有純淨美容的個性
向西，西門町
不停款擺的是年輕人酷辣的活力熱情
向南，有幾所著名學府和文山區的茶園風景
東區
一路燃燒著廿一世紀風靡現代流行的風情
北區，充斥著精緻文物和美麗的溫泉景致

你看得到
天母忠誠路上的櫟樹標示出唯美的符號？
你聞得到
誠品書店的書香瀰漫這個城市的氛圍？
你感覺得到
國家音樂廳國家圖書館營養了市民的文化精神
林立的大廈、國父紀念館、中正紀念堂
龍山寺、迪化街和陽明山
處處編織著這座城市的特徵
捷運
更把大臺北地區的城鄉距離拉結成一體
哇！臺北
全國人羨慕嚮往的區域版圖

這裡，經營了最理想的空間思維
也提供人生層次上最先進的案牘

面向一座學校的圖書館窗戶

窗戶依靠牆壁的體膚
注視一面戠戠升起的國旗
它中肯認知氣候的變化
聽得見日曬雨淋啃咬面對綠樹和圍籬的聲音
以及信箱如何和寂寞搏鬥對抗

窗的開啟關閉
一向聯絡了工作人員的神經系統
窗帘的擺動
吶喊指揮灰塵起落的訊息

窗帘靜謐
保護了書架案牘排列的秩序

靜俯鳥瞰馬路來去的車輛吧
且靜靜傾聽學童下課喧譁飛揚的聲音
或自我撫慰的紀錄整棟大樓靜默的喘息

夜晚。熄燈後
隔絕分貝的窗戶
有時會被不遠處的公園所吸引
彼時，它以光速的魂魄飛出
行而上的走過一棟棟建築物
跨過馬路
向前飛奔……

二〇〇一年八月十七日《中央副刊》

寫作年表

一九三九年　本名周翠卿，八月四日出生於嘉義市，上有三兄四姐，父業醫。
一九四六年　進入崇文國小，五年級認識一音樂老師，對日後寫作影響頗鉅。
一九五二年　考入嘉義女中四二制實驗組。
一九五三年　發表第一篇小說於《公論報》副刊。
一九五五年　發表第一篇詩作〈路灯〉於《野風》雜誌。
一九五六年　直升高中，編入大學先修班，並進入文壇函授學校小說班研讀。
一九五七年　投稿《當代文藝》，認識主編艾江（畢加）。
一九六〇年　發表〈虹〉和〈雨季〉於現代詩二十七至三十二期合刊上。
一九六一年　《創世紀》詩刊，香港《好望角》，借婚後的左營之家為聯絡地址。
一九六二年　短詩〈六月〉、〈童年〉入選菲律賓以同出版社出版之詩潮〈第一年選〉。
一九六三年　四月出版第一本詩集《側影》（創世紀）。八月得《中華日報》小說徵文第四獎。
一九六五年　〈山之巔〉一詩獲《新文藝》徵文第二名。詩四首入選《本省籍作家作品選集》（文壇）。

一九六七年　以筆名韻茹出版短篇小說《紫紗巾和花》。詩〈芽〉四首入選《中國現代詩選》（大業），王鼎鈞於《人間副刊》作家撰文介紹，邵僩於《自由青年》以〈乘法和加法不同〉評短篇〈三加三得三〉。張默以〈現代小說表現芻論——兼及韻茹一系列創作〉刊於《中國一周》，詹悟以〈第一次經驗〉論〈樓板上的步音〉。

一九六九年　出版長篇小說《不是荒徑》（皇冠）。

一九七一年　〈關於你〉一詩入選《華麗島詩集》（日文本）並經韓國詩人金光林擇譯選入《中國現代詩十七人集》。

一九七二年　詩八首入選《中國現代文學大系》（巨人）。

一九七三年　詩七首入選《六十年詩歌選》（正中）。

一九七六年　詩十四首入選《當代情詩選》（濂美）。

一九八〇年　詩八首入選《當代中國新文學大系》（天視）。

一九八一年　詩六首入選《剪成碧玉葉層層》（爾雅）。

一九八二年　出版小說《一盤暮色》（鳳凰城圖書）。詩入選《聯副三十年文學大系》（聯經）。小說入選《海內外青年女作家選集》（黎明），十二月出版散文集《斜月遲遲》（黎明）。

一九八三年　入選《七十一年詩選》（爾雅）。入選《中國現代情詩總集》（逸群）。

一九八四年　入選《一九八三年台灣詩選》（前衛），入選《創世紀詩選》（爾雅），散文入選《葉葉心心》（林白），小說入選《問，情為何物》（蘭亭）。

一九八五年　入選《七十三年詩選》。入選《亞洲現代詩集》，九月赴韓參加漢城詩人會議。

一九八六年　入選《七十四年詩選》，散文入選《心田的舞步》（敦理），散文入選《風雨情》。

一九八七年　出版散文《驚悟》（敦理），入選《七十五年詩選》。

一九八八年　六月至十二月在《大華晚報》撰寫專欄〈閑居疊記〉，入選《七十六年詩選》，〈煙囪〉入選《小說選讀》（爾雅），〈靜默的市鎮〉入選《日本現代詩亞細亞女性詩集》。參加《一九八八年亞洲詩人會議》（台中）。接受《文訊》月刊文學夫妻訪問。

一九八九年　四月到台北商專演講〈現代詩和小說、散文之關係〉，入選《中國現代文學大系》（九歌），鍾玲在《現代中國謬思》一書，以〈發掘現實人生〉剖析朵思詩作。

一九九〇年　三月出版詩集《窗的感覺》（自印）。

一九九一年　入選《十句話》（第四輯）（爾雅）。

一九九二年　入選《台灣現代詩選》（香港文藝風）。

一九九三年　入選《八十一年詩選》。九月與張香華共同主持《詩的星期五》。

一九九四年　出版詩集《心痕索驥》（創世紀）（三月），五月接受警廣訪問。入選《八十二年詩選》，入選《創世紀四十年詩選》。

一九九五年　入選《現代詩三百首》。四月和藝文界一行二十四人做「東澳之旅」。詩入選《台灣文學選》。詩入選《八十三年詩選》。

一九九六年	和詩人張默、管管、楊平至英、法，並到倫敦大學朗誦。入選《八十四年詩選》。
一九九七年	出版詩集《飛翔咖啡屋》。
一九九八年	五月，〈士林夜市〉一詩入選愛盲服務中心《開啟心窗》。
	五月，和張默賢伉儷旅遊德、奧、義。
	八月，出版兒童文學詩集《夢中音樂會》（三民）。
	九月，車禍，心臟病。
一九九九年	一月，詩六首被《中華民國筆會英文季刊》轉譯。
	五月，入選《九十年代台灣詩選》（春風文藝出版社）。
	六月，詩入選《天下詩選》（天下）。
	七月，到東歐捷克、波蘭、立陶宛、愛沙尼亞、斯洛伐克、匈牙利、拉脫維亞、俄羅斯做八國之旅。
	七月，入選德文版《台灣詩選》（鳳凰木）。
	十一月，詩集《從池塘出發》出版（嘉義市立文化中心）。
二〇〇〇年	一月，至舊金山、亞歷桑納州、拉斯維加斯。
	七月，寓居德州Plano一個半月。
	詩入選《爾雅詩選》、《紅得發紫》（台灣現代女性詩選）。
二〇〇一年	國際詩歌節朗誦，九月一日，受邀於台北市文化局出席《二〇〇一台北國際詩歌節》，與蔣勳、巫永福等人現場朗誦詩作。

萬卷樓圖書有限公司出版CD《雅歌情韻》收入〈雨滴的意象〉一詩。

十一月，應《中央日報》文學下鄉至台大演講〈音樂、醫藥與我的詩創作〉。

二〇〇二年　參與金門詩酒文化節。

接受《中正大學》居家攝影及訪談。

接受《中央電台》訪問。

入選情詩選手稿（未來出版社）。

二〇〇三年　入選《嘉義庶民文學與山區作家文學數位化》的網路網。

香港中文大學英譯〈哀慟與非哀慟之間〉及〈在渾噩與知覺之間〉。

九月，去日本東京。

入選朗誦詩《讓詩飛起來》（幼獅文化）。

入選《中華現代文學大系》詩卷（九歌）。

接受《文訊》文學專訪。

二〇〇四年　四月，至德州Plano小住。

眼疾，青光眼和白內障。

十月，出版長詩集《曦日》（爾雅）。

二〇〇五年　七月，在台北素食餐廳，趙州茶舉辦「六・十一」里民詩大會，現場吟詩的詩人，包括周夢蝶、商禽等眾多詩人。

七月，至挪威、丹麥、芬蘭、瑞典、冰島做北歐之旅。

十月一日與陳克華、陳黎、零雨、蘇紹連等人共同出席第一屆林榮三文學獎複審會議。

〈影子〉和〈面對一屋子沉默的家具〉入選《台灣現代文學選新詩卷》（三民）。

二〇〇六年　五月至南印度。

六月三十日，受財團法人耕莘文教基金會的邀請，參與耕莘華人女性詩歌季：「詩的星期五」系列講座，與江文瑜、鹿苹同時為「詩、病、愛、希望」場次的三位座談與會人，座談主題為「憂鬱是不是一條不可抗拒的路？」以及「在愛與希望之後」。

七月至廣州，摔斷右手肱骨。

十一月至《靜宜大學》女性文學講座發表論文〈詩與精神醫學〉。

〈沸點〉入選聯經《嗳，情詩》（向明編）。

〈默禱十二行〉入選《為了測量愛》（陳義芝邊，聯合文學）。

〈士林夜市〉入選《走入歷史的身影》（顏昆陽編）。

二〇〇七年　和向明、曹介直、一信、艾農、鍾雲如、張國治出版全集《食餘飲後集》

至阿拉斯加、加拿大旅遊。

〈阿拉斯加的落日〉入選《二〇〇七台灣詩選》（二魚文化）。

二〇〇八年　〈沙漏〉被《大學國文交響曲》第七單元討論。（聯經）。

〈士林夜市〉、〈嘉義共和路〉入選《閱讀文學地景》（聯合文學）。

二〇〇九年　六月至土耳其、希臘、巴林三國旅遊。

夏季號《當代台灣文學英譯》選入〈士林夜市〉。

〈黃燈〉入選《二〇〇八台灣詩選》。參與《遇見台灣詩人一百》講座。

十月遊瑞、德、奧地利。

合輯《七弦》出版。

二〇一〇年　《大學中文　停看聽》（滄海）以〈面對一屋子沉默的家具〉入列「句式長短節奏變化」。

二〇一一年　入選《二〇一〇台灣詩選》、《新詩遊樂園》（三民）第一章，舉〈士林夜市〉為例。

一月，旅遊西班牙、葡萄牙。

四月十六日高雄文學館主講〈現代詩與精神醫學〉。

七人選集《眾聲》出版。

九月二十三日，錄《人間衛視》〈知道〉

十一月二十六日《文訊》誦詩錄影。

二〇一二年　〈面對一屋子沉默的家具〉被「南台科技大學」當教材，並入選《文學經典》國文教材（五南）。

〈嘉義共和路印象〉被「中華醫事科技大學」當教材。

〈暗房〉入選《春天讀詩節》（國家圖書館）。

〈影子〉編入高中國文課本（龍騰文化）。
〈紅豆情懷〉入選國立台灣工藝研究院發展中心「紅豆愛染」活動詩作。
十二月至阿里山參加阿里山林務局媒體宣傳詩之旅。

二〇一三年
〈釋然〉入選《二〇一二台灣詩選》。
三月十九日接受ＩＣＩＣ之音竹科廣播訪談《嘉義共和路》。
四月至杜拜、伊朗、阿布達比旅遊。
〈面對一屋子沉默的傢俱〉入選《閱讀・生命・書寫》（滄海圖書）。

二〇一四年　出版第八本詩集《凝睇》。

閱讀大詩27　PG1147

凝睇
——朵思詩集

作　　者　　朵　思
責任編輯　　黃姣潔
圖文排版　　詹凱倫、楊家齊
封面設計　　陳怡捷
圖片提供　　朵　思

出版策劃　　釀出版
製作發行　　秀威資訊科技股份有限公司
114 台北市內湖區瑞光路76巷65號1樓
電話：+886-2-2796-3638　傳真：+886-2-2796-1377
服務信箱：service@showwe.com.tw
http://www.showwe.com.tw
郵政劃撥　　19563868　戶名：秀威資訊科技股份有限公司
展售門市　　國家書店【松江門市】
104 台北市中山區松江路209號1樓
電話：+886-2-2518-0207　傳真：+886-2-2518-0778
網路訂購　　秀威網路書店：http://www.bodbooks.com.tw
國家網路書店：http://www.govbooks.com.tw
法律顧問　　毛國樑　律師
總 經 銷　　聯合發行股份有限公司
231新北市新店區寶橋路235巷6弄6號4F
電話：+886-2-2917-8022　傳真：+886-2-2915-6275

出版日期　　2014年4月　BOD一版
定　　價　　320元

版權所有・翻印必究（本書如有缺頁、破損或裝訂錯誤，請寄回更換）
Copyright © 2014 by Showwe Information Co., Ltd.
All Rights Reserved

Printed in Taiwan

國家圖書館出版品預行編目

凝睇：朵思詩集 / 朵思著. -- 一版. -- 臺北市：釀出版,
2014.04
面； 公分. -- (閱讀大詩；PG1147)
BOD版
ISBN 978-986-5696-04-7 (平裝)

851.486 103004166

讀者回函卡

感謝您購買本書，為提升服務品質，請填妥以下資料，將讀者回函卡直接寄回或傳真本公司，收到您的寶貴意見後，我們會收藏記錄及檢討，謝謝！

如您需要了解本公司最新出版書目、購書優惠或企劃活動，歡迎您上網查詢或下載相關資料：http:// www.showwe.com.tw

您購買的書名：________________________________

出生日期：________年________月________日

學歷：□高中（含）以下　□大專　□研究所（含）以上

職業：□製造業　□金融業　□資訊業　□軍警　□傳播業　□自由業

□服務業　□公務員　□教職　□學生　□家管　□其它______

購書地點：□網路書店　□實體書店　□書展　□郵購　□贈閱　□其他

您從何得知本書的消息？

□網路書店　□實體書店　□網路搜尋　□電子報　□書訊　□雜誌

□傳播媒體　□親友推薦　□網站推薦　□部落格　□其他__________

您對本書的評價：（請填代號　1.非常滿意　2.滿意　3.尚可　4.再改進）

封面設計____　版面編排____　內容____　文／譯筆____　價格____

讀完書後您覺得：

□很有收穫　□有收穫　□收穫不多　□沒收穫

對我們的建議：________________________________

____

____

____

請貼
郵票

11466
台北市內湖區瑞光路 76 巷 65 號 1 樓
秀威資訊科技股份有限公司 收
BOD 數位出版事業部

（請沿線對折寄回，謝謝！）

姓　　名：＿＿＿＿＿＿＿＿　年齡：＿＿＿＿　性別：□女　□男

郵遞區號：□□□□□

地　　址：＿＿＿＿＿＿＿＿＿＿＿＿＿＿＿＿

聯絡電話：(日)＿＿＿＿＿＿＿＿　(夜)＿＿＿＿＿＿＿＿

E-mail：＿＿＿＿＿＿＿＿＿＿＿＿＿＿＿＿